A CUALQUIERA QUE ESTÉ TENIENDO UN MAL DÍA

SANSÓN EN LA NIEVE

Título original: *Samson in the Snow*

© 2016 Philip C. Stead

Esta edición se ha publicado según acuerdo con Roaring Brook Press, una división de
Holtzbrinck Publishing Holdings Limited Partnership a través de Sandra Bruna Agencia Literaria S.L.
Las ilustraciones para este libro fueron realizadas con pastel al óleo, carboncillo e impresión de cartón.

Traducción: Laura Lecuona

D.R. © Editorial Océano, S.L.
Milanesat 21-23, Edificio Océano
08017 Barcelona, España
www.oceano.com

D.R. © Editorial Océano de México, S.A. de C.V.
Eugenio Sue 55, Polanco Chapultepec
Miguel Hidalgo, 11560, Ciudad de México
www.oceano.mx
www.oceanotravesia.mx

Primera edición: 2017

ISBN: 978-607-527-083-8
Depósito legal: B-18099-2017

IMPRESO EN ESPAÑA / *PRINTED IN SPAIN*

9004336010717

SANSÓN en la NIEVE

PHILIP C. STEAD

OCEANO travesía

LOS DÍAS SOLEADOS Sansón cuidaba los dientes de león que había sembrado. Caminaba con cuidado y usaba su larga trompa para arrancar las malas hierbas. Cuando terminaba se paraba bajo el rayo del sol, con la esperanza de que un amigo pasara por ahí.

Sansón esperaba tranquilo, acompañado de sus flores.

—Hola —dijo un día una pajarita roja.

—Hola, ¿qué tal? —dijo Sansón, y se puso a conversar alegremente.

—¿Puedo llevarme unas flores para un amigo? Está pasando un mal día y su color favorito es el amarillo —dijo la pajarita.

—El amarillo es también mi color favorito —respondió Sansón. Escogió tres de sus mejores flores y las juntó en un ramo para ella.

Sansón miró irse volando a la pajarita roja. Se preguntaba
cómo sería tener un amigo. Mientras lo pensaba se cansó.
Y antes de darse cuenta, y sin querer, cayó en un sueño
pesado y profundo.

Soñó con el color amarillo.

Mientras Sansón dormía llegaron unas nubes tormentosas
a tapar el sol. El viento empezó a soplar, y en poco rato
todo el calor del día se había ido.

Empezó a caer la nieve. El viento giraba como remolino.
Unos grumos húmedos y pesados se acumularon en el inmenso
pelaje de Sansón hasta que quedó casi completamente cubierto.

En el sueño de Sansón, el amarillo se volvía blanco.
Y en eso despertó.

Por todas partes el mundo había cambiado. Sansón no reconocía
nada ni sabía dónde estaba parado. No había más que nieve blanca
por aquí y nieve blanca por allá.

Se preocupó por la pajarita roja. "¿Estará afuera? ¿Tendrá frío?", se preguntó.

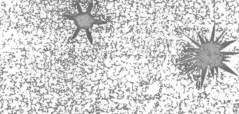

Sansón se quedó viendo la nieve cegadora.
Decidió que era mejor caminar que quedarse
ahí preocupado, así que empezó a andar.

Caminó pesadamente por valles y colinas. El viento, al soplar,
formaba fantásticas figuras en la nieve, pero él no se detuvo a mirar.
"La pajarita no está hecha para tan mal tiempo", pensó.

Sansón movió la cola y dio unas fuertes pisadas para quitarse
de encima el hielo que se aferraba a su pelaje.

—Perdone usted —gritó un ratón que estaba casi cubierto por la nieve que se había acumulado—, pero preferiría que no me aplastara.

—Oh —dijo Sansón—, no te vi. No deberías estar aquí afuera tú solito.

—Ya lo sé —suspiró el ratón—. No esperaba que hubiera tormenta. Estoy teniendo un mal día.

—¿Quieres venir conmigo? —preguntó Sansón.

Agradecido y aliviado, el ratón trepó por la trompa de Sansón. Fue un largo recorrido. Luego pasó por sus enormes orejas y finalmente se acomodó bajo sus gruesas mantas de pelo. Allí se mantuvo caliente.

—¿Estás cómodo? —preguntó Sansón.

—¡Sí! ¡Mucho! —dijo el ratón.

—Estoy buscando a alguien —dijo Sansón—. Es pequeña como tú.

—Si es pequeña, deberíamos fijarnos por dónde pisamos —dijo el ratón.

—Yo también estoy buscando a alguien —dijo el ratón—. Me preocupa que esté teniendo un mal día, como yo. Me preocupa que esté cubierta de nieve.

El viento aullaba y la nieve se iba apilando más y más.
Sansón inhalaba hondo y exhalaba. Se detuvo a descansar
cerca de un insólito sembradío de dientes de león.

—¿Tienes un color favorito? —le preguntó al ratón.

—¡Sí! Mi color favorito es el amarillo.

—El amarillo es también mi color favorito —dijo Sansón.

Se agachó y suavemente arrancó unos dientes de león de entre la nieve.

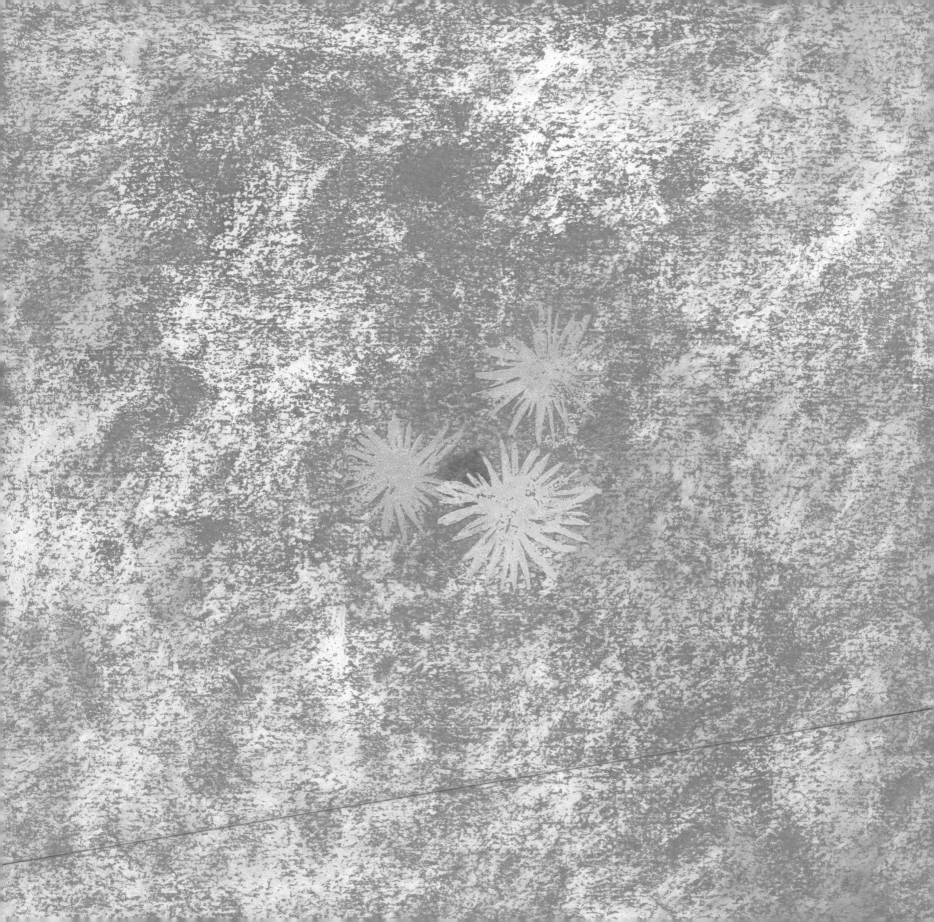

—¡Te encontré! —gritó Sansón.

—¡Y yo también te encontré! —gritó el ratón.

La pajarita tenía demasiado frío para responder.

—Todo está bien —dijo Sansón—. Conozco un lugar cerca de aquí.

Guardó muy bien a la pajarita y siguió andando.

Los pasajeros de Sansón dieron un brinco y cayeron
en el seco suelo de la cueva.

—Gracias —dijo la pajarita roja y se sacudió la nieve
de las plumas—. ¡Y mira! —le dijo al ratón—, te traje flores.

—Oh —dijo el ratón—, eso es exactamente lo que necesitaba.

Los tres amigos se acurrucaron y se contaron sus aventuras en la nieve.

Poco después pasó la tormenta.